沈む永遠

始まりにむかって

Éternité tranquille
Départ vers l'origine

布川鴇

思潮社

沈む永遠　始まりにむかって　目次

沈む永遠　始まりにむかって

Éternité tranquille

Départ vers l'origine

i

光り満ちるとき

心の在りかを証すために
どんな文字があっただろう
何年も何十年も空を見上げ
海の匂いを辿っても
たしかな道標を見つけられないまま
固い石の地面にうつむいて
かすれた文字を書こうとする……

ひと拭きで消えてしまうだろう文字を

夜明けの風にそよぐ葉裏にも
遠い悲鳴がしみついていたのに
未生の言葉たちは片時も休むことなく
たがいにせめぎ合い　傷つけ合い
そうして　むなしい努力のあとに
またたくまにちりぢりとなり
声にならないまま文字も末枯れていった

息をひそめた地の底で
千年も万年もわたしは
待ち続けなければならない

いつの日か闇をひらいてかすかな明かりが差し
消えたはずの言葉たちが
湧きかえり　ほとばしり
つぎつぎに形を変え　色を変え
薄い羽音をひびかせて
透明な記憶の空に昇っていくのを

海への誘いも街のざわめきもない空に
もうどんな思惟をも拒み
ただ淡いやわらかな文字のひと群れとなって
高く高く昇っていくのを

息をひそめた地の底で
やはり千年も万年も
待ち続けなければならない

やがて凛々と光り満ちる極みのときが訪れたなら
なにひとつ語りきれなかったまなざしの向こうに
言葉はかぎりなくあふれるしろい文字となり
さびしさも哀しさもうつろう感情のなにものでもなく
ただ静かなめぐりの中に吸い込まれていくだろう

沈む永遠

海に沈んだ街が眠りつづけている

かぎりない時を経て
小路の石畳もおぼろにかすみ
銀の光におおわれている廃墟の影
一瞬たりと目醒めることもなく……

ふかい海の底から
くり返し呼ぶ声がする

こみあげる懐かしさに
涙が水にほどよく融け合ったとき
目前に現われた薄く明るむ道

消えていったたましいたちの通路だろうか
誘われて先のみえない路地に入っていく

この明け暮れ　つぎつぎに近しい人を見送って
不眠の夜に苦しんできた
昼も夜も

凍る冬のようにうずくまっていた

わたしの停滞は
あまりに長過ぎたのではないだろうか

廃墟は水没したままなのに
なぜか直感していた
この耳に導かれ
この場所にきたことを

いま　目前にあるこの細い道のすべて
いままで知ることのなかった道
先の見えない道はたましいにしか辿れない

わたしもたましいになったのかもしれない
ふたたび覚醒することさえ求められずに

柱列は過ぎた人々の骨格となり
廃墟はたましいそのものとなり
永遠の時間を生きつづけている

もう破壊されることはないだろう

通り抜ければさらにいくつもの街があり
目路のむこうには
より深い影となって
忘れがたい街が沈んでいる

夜明けに

はまなすの花が咲く浪打際で
はじめて両手を水に浸した夏
海は近くにあるはずだと
あなたはいう
あの松林の向こうに

故里につづく道は

いまなお記憶の迂路

冷えきった指で
散りゆくことのない花を束ね
夜ごと　背を丸め
哀しみにくれているものよ
潮の香りに導かれていったその道の
消え残った風景はいつまで
その胸を焦がしているのか

はるかな森に夜明けが訪れ
温もる巣のなかで
あたらしい雛も孵ろうとしている

おののきながら捧げられた
小さな祈り
ひそやかに舞いおちる木の葉
かぎりなくやさしい　いたわりの手

還るべきわたしたちの家郷は
さらに　さらに遠く
夢のように願われたひかりの園
やわらかに陽が射し
そのなかを
ながい嗚咽から解き放たれた
無数のしろい影があるいている

天に戻された憧憬とともに
正確に刻まれていたはずの時間は
いま　しだいに意味を失っていく

飛び立つものへ

かたちのない鳥が飛ぶ
数えきれない鳥が飛ぶ
耳にも瞼のうらにも
不眠にあえぐわたしの体内にも

くぐもる声におののき
激しく身はふるえ

脳波を狂わせて飛び出しそうになる

翼のないわたしに空はない
空のないわたしの海がひび割れる

鳥はその裂け目から入り込む
啄むものもない
灯火もとどかない洞の奥まで

鳥たちは飢えて盲となるだろう
空の高さを忘れ
海の深さも知らないままに

（閉じられていた窓が扉を開ける）

ひとすじの朝の光り
ゆれる記憶の糸杉
まだどの枝も枯れてはいない

淡いまばゆさが
静かにひろがっていく

鳥たちよ
さあ　飛び立つがいい
どんな影をも残さずに

追って　どこまでも
新しい歌が聞こえてくるだろう
おおきな巡りの歌が聞こえてくるだろう

かたちのない鳥が舞う
数え切れない鳥が舞う
すでに光りの粒になって
いっせいに天からふりそそぐもののように

時の縁から

羽毛の先端からやわらかな光がこぼれ
満月の夜に眠り続ける鳥
豆粒ほどの言葉はこの無心に包含され
幾層にも重なった記憶のひだを
ふりほどいていく

わたしが置き去りにした空
見慣れた風景がひろがっている

風が誘う落莫の秋
舗道にはプラタナスの薄い影

頭上の葉はざわめいているのに
いつまでも夏の着衣のまま立ちすくんでいた

風船がはじける
ボヘミアンの夢が漂う
美術館の裏では
ヒースの花が寂しく揺れている

ぶらんこの虚しいエクスターズ
Sortie……　外に出る　何の？　わたしの？
記憶はおぼろげにその後からついてくる
あるいはすでに
いらないもののようにふり落される

時の縁から飛び立った
かたちのないものばかりが浮遊している空

わたしは行く　風の中
ふたたび戻ることのない道を

Éternité tranquille
Départ vers l'origine

ii

パースペクティブ

閉じた本の暗がりで
文字たちが叫んでいる
栞をはさんだまま眠る夜の
窓に映る朧な月明かり
物語は始まったばかりだと

二つの正三角形に切り離せば

ダビデの星はすぐに消えた
原始の幾何学を解くように
解放はいつも解体から始まった

西の地平を踏みしめれば
血にぬれた落日とともに
果たせなかった約束が崩れてゆき
東の空にはあらたな営みが仄見えているのに
果樹園では熟した実がすでにはじけていた

無限に寄り添うことのない漸近線は
誰にとっても果てしのない歩み
遠く濃霧の峡谷では狼が吠えつづけている

彼らの視線は人間の眼の
どんな位置より高く
畏れは限りなく見えない先に向かっている

その背後に何億年も
耳を澄ましているものがいることを
誰ひとり知らない

目的地

わたしはどこにも行かなかったと
あなたにいえばよいのかもしれない
どこにも……

ポズナンから電車で六時間余り
古都クラクフは緑多く
しずかな秋の翳りがあった

その日も翌日もわたしは
美しいものだけを見て歩いたのだと
いえばよいのかもしれない
丘の上のパレス　そびえ立つ教会建築
街中を走る郷愁あふれるトラム
見てきたのはそんなものだけだったと

旅から戻ったというのに
重い荷をいつまでも下ろせない
それなのにひとりでに口をあける
わたしの記憶の中の黒い鞄

詩人・シンボルフスカのいたあの町……

蘇るあなたの詩「終わりと始まり」

戦争が終わるたびに
誰かが後始末をしなければならない
………
誰かが瓦礫を押しやらなければならない
死体をいっぱい積んだ
荷車が通れるように

もう正面を向いて
はっきりといわなければならない
オシエンティム
（ナチスはアウシュヴィッツとその名を変えた）

あの朝やっと決心し
あなたの町から車を走らせて一時間余り
それがわたしの出かけていった目的地だったのだと

＊

あなたにはユダヤの友人はいなかったの？
その後に会うことはなかったの？

わたしの目的地を聞いて
なぜか　やたらとはしゃいでしまった運転手は
ポーランドなまりの英語で答えたのだった

そりゃあ　いたさ
彼に　どこにいってたんだい？　と聞いてやったのさ
そしたら彼はいったよ
ちょっと遠いレストランまでだ　とね
そうか　そうか　とおれは肩を叩いてやったのさ
……それが俺たちの戦後の始まりだった

そうなの　よかったね

何をよかったと　わたしはいいたかったのだろう
戻ったのは
何百万という中のたったひとりだけなのか

それからその人はどの国へ逃れたのか

どこまでも青い空の下
のどかな田園の一本道を車は走り続ける
教会の鐘が鳴っている
もうじきミサも始まる時間だ

この町のどこかに　人々が貨物のなかに投げ込まれ　運ばれた
線路がある　終着地を知らされないまま　運ばれて行った古い
線路がある　運転手は急に押し黙る　わたしたちはいまどのよ
うな軌道を走っているのか　もう告げることもなく……

町角

『夜と霧』* の檻からは
誰も戻っては来ないのだと
あなたはまだ知らないのだろうか

コヴァルスカさんは
それがあなたたちの正装だという
黒く長いドレスを身にまとい

頭には丸い小さな帽子をのせて
いつものように町に出かけて行く

　　きょうはシナゴーグにラビはおられるか

通い慣れた教会堂の扉を叩く
細い腕で力のかぎりノックするのに
いつまでたっても返事がない

気がつけば町中が静まりかえり
道路をかけまわっていたはずの
こどもたちの姿まで見えない
あちこちが廃屋となり瓦礫も積んだままだ

しかたなくまたとぼとぼと
今来た道を戻る
コヴァルスカさんのドレスの裾は
しだいに湿って重くなる

　ここはどこなのか
　わたしは何ものなのか
　わたしだけがなぜこの道を歩いているのか

手首には消そうとしても消えない数字が
囚人番号のように刻まれている
肌に蒼く浮き上がるその数字を見るたびに

体じゅうのふるえが止まらない

　わたしはいったいどんな罪を……

つましい祈りの生活は昔も今も
変わりはないのに
いつまでたっても記憶が戻らない

近しい人の誰ひとりいない
墓場の影のような町角に
きょうも疲れた顔のコヴァルスカさんがいる

『夜と霧』…V・E・フランクル著
シナゴーグ…ユダヤ教会　ラビ…ユダヤ教聖職者

想起のメディア　ベルリン・ユダヤ博物館

忘却されることに、建築は抵抗しなければならない。
建築は想起のメディアである
――ダニエル・リベスキンド＊

始めの一歩は地下につながる薄暗い階段だった
だれのものともわからない靴音が
集団となって下りて行く
わたしの背後から　わたしの脇を通り
かれらはどこに向って進んでいるのか

わたしの想像と畏れを誘ったベルリン
記憶の場所　記憶としての場所
歴史の想起を促す巨大な建築はそこに在った

進むほどに折れ曲がり
先の見えない通路
床面はなぜか傾斜し平衡感を失う

縦　横　斜めに
鋭く切り取られた側壁
それぞれに形の違う不連続の窓
民族の受けた傷の……痕跡

想起されるべきものの
不在の空間を
だれもが体を傾けて歩いている

壁や床を埋め尽くすおびただしい文字
読み取ることもできないほどにかすかな
人の名　記録としてだけの名
かつて存在していたはずのものが
ただ記号となっていまそこに〈居る〉
ひと形の重量を失ったままに

埋葬も消滅もされ得なかったものたちの
ぎっしり詰まった空間を

さらに肩を重くしてわたしは歩いていく
もの言わない靴音がふたたび木霊する
失われた時間がそうして刻まれていこうとするのか
ゆく手の暗がりにひとすじの
沈黙の光
どこまで歩いても
出口は見つからないように思えてくる

＊建築家・一九四六年生れ、ポーランド系ユダヤ人。世界の主要都市で重要な現代建築を手がけ、二〇〇三年、ニューヨーク跡地計画にも設計案が採択された。

記憶の空洞

語られることと語られずに推察するしかないこと
〝空虚〟はノスタルジーを否定する
――ダニエル・リベスキンド

踏みしめれば
踏みしめるほど測り難く重い
鉄板の軋む音
掌ほどの扁平な顔型が
あふれるばかり床に敷き詰められている

くりぬかれた眼　鼻と口
かつて存在していたはずの顔が
表情のない型となり
無雑作に投げ込まれた死人のように
重なり　ひしめきあい……

むき出しのコンクリートに囲われた
ここは「記憶の空洞」
まったく陽も差さず
周囲の壁からは間断なく
冷たい湿り気が滴りおちている

足うらが痛い　はねね返ってぶつかる脚が痛い

しかし　もっと強く踏みしめなければ
先へは進めない

横たわる　重なる
無明《むみよう》の記憶からの叫び声
うめくように共鳴し続ける金属板の
ゆがんだ顔

未来への軌跡はすでに停止されたまま
忘却に沈むこともできず
帰るべきところを持たないものたち
はじめから朽ちることのない
がらんどうの空間に

建築家が語らせようとする歴史の記憶を
踏む　踏む　踏みしめる

痛むわたしの足うらにむかい
どこから聞こえてくるのか
だれのものともわからない
ふしぎに優しい歌
問い返したいほどのやさしいうた

　あなたたちには　自由という
　幸せな時間がある　いつでも
　帰ることができる　自分の（くに）へ

空の本箱

書物を焼く者は、いずれその炎で自身をも焼くであろう。
――ハインリッヒ・ハイネ

旧東ドイツ　フンボルト大学正面広場に
足早に秋の陽はかげろうとしていた
やっと探し当てた「図書館」という名のミュージアム
建物の名ではなかった
地面の下の正方形の小さな部屋

曇ったガラス　たった一枚のガラスの下に
ゆれている空の本箱

入り口も持たないその部屋には
所蔵する一冊の本もない

指差されなければ気がつきもしなかった
足元のプレート
読みきれないうちに夕闇が襲ってくる

　ああ　誰かこの場に燭台を！

トーマス・マン　ハイネ　ブレヒト……

その名があることにより
焼き尽くされた数知れない書物たち
炎の中を激しく旋舞し
金色に明滅しながら形を失っていった

《一九三三年五月、政権をとっていたナチス党は言論統制を図り、「非ドイツ的」としたものを、すべて焼き払った。その事実の広場に「図書館」はつくられた。》

劫初の火はめらめらと
時の円周を伝って燃え続け
ついに破壊者の青い眼を
突き刺すように滅ぼした

灰になることを拒んだ言葉の
涼しい霊たちは
記憶の炎に立ち上がり
解き放たれた空に向って歩き出した

かつて存在したものの
いまなお存在するものの
幻影をゆらして証する空の本箱よ

世界はまだ終わらない

堅い地面の下は墓ではないと　果てしなく
叫び続けるがいい　地上の朝のくり返しのように

届かないパン

満たされることはないだろう
誰も　何も満たされはしない
いまもまた

雪の日は飢えと寒さとで
夏は汗と糞にまみれて
人々は窓から枯れきった手を伸ばしていた

老夫人は語りつづけた

道路を一本隔てれば
わたしたちのふつうの市民の町
その一角にも収容所はつくられました
薄暗い部屋に
来る日も来る日も人々は押し込められ
近づけば異様な臭いと静けさ
わたしたちは投げ入れたのです
監視の眼を盗み　極刑におののきながら
乾いたパンを

満たされはしないだろう
誰も　何も　やはり満たされはしない

それでも投げ入れた
夕暮れに　真夜中に　未明に
パンが命中して窓から入ることは少なかった

ふるえる誰の手にも力はなかっただろう

引きずられていく囚われの列
届かなかったパンが雨に打たれて腐っていく
それでも必死に投げるしかなかった

あなたにも知っていただきたいのです
ポーランドのわたしたちの時代の
わたしたちの心を……

老婦人は語りつづけるだろう
明日もあさっても
みぞれのようにわたしの一日は終ってゆく

名前のない墓

林の奥に半ば崩壊し
文字の刻まれていない墓が並んでいる

かつて存在しながら
忘れられたものたちの
名前のない墓
名を問われることもなく

ふたたび戻ってその名を
刻むことのなかったものの墓

墓は続く世代のために用意されていた
一家はだれも生き残ることはなかった

わたしたちは
鉄線の陰から運命を見つめています
また列車が来ました
今度はわたしたちの番です

乗り切れないほどの人数を乗せ
行き先も告げずに列車は動き出した

歴史の無意識に抵抗する名前のない墓
あらゆる属性を消した底なしの空無に
濃緑の蔦が絡みつき
蒼空に傾いて
名前のない墓が並んでいる

Éternité tranquille
Départ vers l'origine

iii

微熱の朝

どこにどのように発火の源はあったのだろう
どの記憶にもくすぶりの跡が残っている
燃え尽きることのなかった風景が彼方から近づいてくる

落日に蘇生のない身をさらし　すでに同情を拒む地平
投げ出された線路の縁を黙々と歩き続けるわたしにも
未来は逆光でしかない　行き先を告げない貨車が通り過ぎていく

積み重なった影を追えば聞こえるはずのない黒いフーガ
わたしはふるえながら名もない墓地で眠り込む
海は遠いのに潮の匂いがする　埋葬のない丘に空が堕ちてくる

辿りつけるのだろうか　どこかへ
つぶやきは泡になって無音の水域に消え
飢えた冬もいつのまにか濃緑の大地に塗りかえられた

肥沃なぶどう畑に囲まれた小さな駅が暮れていく
「幸福の召使い」と呼ばれる鐘の音が町中に響きわたる
農夫たちが声をあげて夕陽の坂を駆け下りていく

町のレストランでは山高帽がうやうやしく椅子の上におかれ
痩せた紳士が音立てて丸い皿から赤い肉片を滑り落とす
素早く拾い上げられたその恥じらいのゆくえを追う

中庭のブランコを止まらせたまま
幾多の革命があった国では古い館が静まりかえっていた
ジェンドブリ（おはよう）　怯えた声で挨拶する九官鳥

いつか辿りつけるのだろうか　どこかへ
わたしは線路を踏み外す　浮いた枕木もろとも
ランプの火影がゆれる　微熱の朝を迎える夢の終わりに

萼《うてな》

まだ何も刻まれていない墓標に
残夏の陽がふりそそぎ
鳥たちが水平線の彼方に消えた空に
積乱雲はいつまでも動かない

待ちつづけても
新しい季節は彷徨《さまよ》ったまま

灼熱の記憶に鐘の音が木霊する

挽歌の絶えることがない大地
わたしはひたすら歩いて
おびただしい影をあつめる
現し身を失って漂うものの影を

町を　村を　山々を激しく襲った水は
どこへ還りついたか
天から降りおちた灰　噴き出したガス
ARBEIT MACHT FREI（働けば自由になる）
蜜のように誘われたその労働の汗のゆくえは

そうして　何を語ろうとしていたのか
偽りのぶどう酒に麻痺した唇は

ふり返ることもできず
いとまも告げずに人々は立ち去り
あるいはとつぜん引かれていった
食卓に食べかけのパンを残したまま

炎え立つ糸杉の丘で
白い墓標がいっせいに傾き
風のなかでしなりながら
無数の萼になって
いまなお　おののく影をひきうけている

水底の挿話

月夜の浜辺にひざまづき
満ちてきた潮をひとくち飲み干せば
わたしも一尾の魚族《うおぞく》

光る海面にそっと身を滑り込ませ
ひと夜だけ許された姿で
懐かしい仲間に会いにいく

海から追放された昔日を知らず
追憶すれば人という名によって
神に似ようとした罪の形にたどりつく

心は震えるはずのないものに震え
巨大なものを見ようとすればするほど
わずかしか見えなかった眼

生まれながらの燭台を手に
さまよいつづけた異邦も滅びた土の匂い
涙はいったい何のためにあったのか

夢の永遠を信じるたびに
より美しい挿話へと手を差しのべて
こと切れた朝をつかまえていた

記憶の鰓《えら》によるわたしのはじめての祈禱
蒼い海の底に石のように呼吸を沈めれば
夜明けとは何億年も遠いことを知る

沈黙の水辺

五月
乳呑み子の泣き声が風に編み込まれ
木々の葉裏にそよぐ不確かな朝
空はたよりなげな沈黙を抱えていた

いつものように
わたしは閑散な電車にゆられながら

読むともなしに新聞を読んでいる
朝のしずくきらめく窓越しには
ただ濃密な緑の地平

ときのまに羽根をひろげて
青田の中に白鷺が一羽　降り立った

たぶん幻覚ではない……

明けそめる紛争の絶えない国では
爆風の中で　ひとり　またひとり
年若い兵士が息を引き取っていく
火柱と硝煙に巻かれ

自爆の意味も知らないままに

かすかに見えてくるひとすじの川
血に濡れたその水辺に
薄い光りを背にまとい
影のように浮かびあがる死者の列

わたしはいったい何を見ていたのか
桜繚乱の日々にも散る哀れしか書けず
凍りつく空漠にむかって声もあげずにいた

飛び立った白鷺が
ふたたび舞い降りて来ようとしている

われに返ったわたしの脳髄に
昨日も今日もあてどなく
電車にゆられているわたしの足もとに

むなしく過ぎてゆく五月の日々
朝は重い沈黙に閉ざされて
わたしは今日も運ばれていく
何処へ？　と問われることもなく

恍惚のゆくえ

打ち鳴らされる半鐘の音
明けゆく空が叩き起こされる

人々はとつぜん昏睡から眼醒め
地を這って逃げ惑う
方向感覚を失って
蟻の子のように散っていく

見えないものを追い
見えないものから逃れ
限られた迷路を逃げ惑う
むざんにひび割れ
軋みつづける空間を

ふりかえれば振り返る虚しさを知り
うつむけば半鐘の音さらに大きく
背筋を伝うかなしみに戦慄する

仰ぐ空には虹がかかり
暗黒の雲の間から薄い陽が射している
願われつづけた希望のように

それでも半鐘は鳴り止むことはない
恐怖がおさまることもない

なお見えないものを追い
消えることのない重い影を背負い
それぞれに崇める主の名を呼びながら
力の限り駈けてゆく

鳴りつづける半鐘の音
昇る陽はまぶしさを増し
いつしか逃げ惑うことだけが恍惚となり
人々の影はことごとく小さくなっていく

海

かたむく陽を
なだらかに色鮮やかな雲が追っていく
赤々と染まる海面の照り返しを浴び
ただひとり汀に佇んで
生きる日の真実を問いかける

かつて純粋な眠りのための賛美歌は

幾夜歌われたか
言葉と音楽は聖らかなゆりかごとなり
夢は自由な生の形象となって
無辺の奥行きをみせていた

ひとつの信仰がくずおれたとき
視界にひろがっていたのは
すでに祈りの絶えた憧憬の海原
開口する底の見えない深淵

無明の空だけを願い
ひとところにとどまろうとする放心の身
思いは見上げる空に吸いとられ

蒸気のように拡散する

明日の陽を映すためには
なお少しの休息を必要とするだろう

新しい願いよ
その先を透明に突き抜けて行け
梳るように雲の流れていく空のかなたへ
神々の静寂のうちに

回帰

満月の夜
天に伸びる無数の手
注がれる光は指先からすべり落ち
下草を濡らしている

辺り一面に芳しい匂い
羽音のさざなみ

眠りについたはずの林の中
すべての樹々が枝葉のゆらぎを消して
ひと形となり
祈るように立ちあがる

木肌に浮きでる慕わしい名
哀しみの蒼
霧となってたちこめる樹木の精

駆けてゆく巡りのひとときに
足踏みのないたましいの祝祭が
はじまろうとしている

光は光を呼び
人は人を呼ぶ

森を追われたけものたちも
どこからか姿を見せ
点々と花開くゆうすげが月の光を映し
待ちつづけた小径にランプを灯す

輝きのほころびそまる瞳の奥
いま祭りははじまる

触知できない遠い世の
新しいしずまりに向かって

あとがき

かつて私は新宿にあるオペラシティミュージアムで、ダニエル・リベスキンドの建築展を見た。その建築模型のひとつ、ドイツの都市、ベルリン中央部に建設されたベルリン・ユダヤ博物館の構造は、それまでの鑑賞者としての私の、建築に対する概念をくつがえし、想像を絶するほどに異様な建築物に思えた。その年二〇〇一年九月には、世界中を震撼させたアメリカ同時多発テロが起こった。それから二年後、そのグランドゼロの跡地計画に採択されたのは、また、リベスキンドの設計案であることを知った。私の頭はその瞬間から混乱した。世界の主要都市において、相次いで高い評価で受け入れられようとしている建築が、その時点での私の理解からはるかに遠い現代性に思われたことに。

　それは、二十年ほど前、戦後詩の動向に疎いまま、とつぜん現代詩の世界に足を踏み入れ、そびえ立つような壁を感じた時の、私自身の混乱と重なっていった。私は、私なりにこの建築家の、根元的建築理念を知りたいと思いはじめた。それが私の現代詩へとつながる糸口のようにさえ思えた。後にポーランド系ユダヤ人である彼の来歴への追求は、とうとう私を、ベルリンへ、そしてポーランド、アウシュヴィッツへと旅立たせることにもなった。私の意識は時代を遡っていった。幾時代にもつづく世界のカタストロフィーに戦慄することにもなった。人的災害も自然災害についても、いまや警告音は国内外を問わず地球の底から響いてくるもののように思える。そのなかで私は、なお自分の立つ位置を見極められないまま、この時代をおおう見えない恐怖に向かって、ただ祈るように詩を書く以外できなくなっていった。そのような時期の詩から数篇をパートiiに置いた。i、iiは混迷を深める現代の詩想を求めながら、同時に、それまでの、そして現在の、自分自身の詩の根源を探りながら書いた作品である。
第二詩集『さえずり』から十数年もの空白をつくったことになる。この間に多くの死を見送った。生前には会うこともなかったのに、その詩を読むことで私の人生を支えてくれた詩人たちもいる。これまで出会った、そして現在も出会い、これからも出会うであろう多くの人々への想いが、この詩集出版に辿り着くまでの、私の背を押すしずかな光りとなった。心から感謝申し上げたい。

二〇一五年　秋

布川　鴇

布川　鴇（ぬのかわ・とき）
一九四七年生まれ
既刊詩集『さぶさの』（一九九九）『さえずり』（二〇〇一）
詩誌「午前」編集・発行　文藝誌「第三次同時代」同人
日本文藝家協会　日本現代詩人会　日本詩人クラブ各会員

（現住所）〒三三〇―〇八四四
さいたま市大宮区下町三―七―一　S六〇一

沈《しず》む永遠《えいえん》　始《はじ》まりにむかって

著　者　布川《ぬのかわ》　鴇《とき》
装　幀　中島　浩
発行者　小田久郎
発行所　株式会社思潮社
　一六二－〇八四二　東京都新宿区市谷砂土原町三－十五
　電　話　〇三－三二六七－八一五三（営業）八一四一（編集）
　ＦＡＸ　〇三－三二六七－八一四二
印　刷　三報社印刷株式会社
製　本　小高製本工業株式会社
発行日　二〇一五年十月二十日